SION

OU LES MERVEILLES

DE LA MONTAGNE SAINTE.

POËME.

Se vend à Paris,

Chez
- Alexis EYMERY, libraire, rue Mazarine, n° 3o.
- DELAUNAY, libraire, Palais-Royal, galeries de bois, n° 243.
- PÉLICIER, libraire, Palais-Royal, première cour, n° 10.

SION

OU LES MERVEILLES

DE LA MONTAGNE SAINTE.

POËME EN TROIS CHANTS.

Par J. L. BOUCHARLAT,

MEMBRE DE LA SOCIÉTÉ ROYALE ACADÉMIQUE DE PARIS.

A PARIS,

DE L'IMPRIMERIE DE P. DIDOT L'AINÉ,

IMPRIMEUR DU ROI.

1816.

PRÉFACE.

De tous les lieux consacrés dans l'histoire sainte, il n'en est aucun qui nous retrace de plus mémorables souvenirs que la montagne où fut offert le sacrifice d'Abraham. Ce grand événement présentait à la tragédie ou à l'épopée un fond de sujet éminemment pathétique. Aussi les anciens ont-ils mis sur la scène une situation à-peu-près semblable dans leur intéressante tragédie d'Iphigénie en Aulide, qui est devenue ensuite l'un des chefs-d'œuvre de notre théâtre.

Racine ayant en quelque sorte épuisé la matière, ne pourrait-on pas me reprocher d'avoir voulu peindre des sentiments qu'il a si bien exprimés ? On aurait raison, sans doute, si les personnages de mon poëme se trouvaient dans les mêmes situations que ceux d'Iphigénie en Aulide. Abraham et Agamemnon sont bien l'un et l'autre dans la cruelle nécessité de se soumettre aux ordres rigoureux du Ciel ; mais le sentiment de l'amour paternel est combattu dans Agamemnon par l'orgueil de commander à cent rois, et dans Abraham par une résignation sublime à la volonté de Dieu. De là résulte une grande diversité dans la manière de sentir de ces personnages. Cet orgueil, qui donne tant d'inhumanité à Agamemnon, s'il ne l'avilit pas un peu, contribue du moins à diminuer l'intérêt qu'il inspire, et à faire paraître froid un personnage pour lequel la tendresse paternelle ne peut l'emporter sur l'égoïsme. Mais, lorsque dans Abraham nous voyons l'homme, animé par la reconnaissance qu'il doit à son Créateur, se soumettre au plus cruel sacrifice; lorsque, pour lui montrer ainsi son dévouement, il est contraint de lutter contre tous les efforts de la nature humaine, on gémit avec cet homme pieux, et les déchirements de son cœur passent dans le nôtre.

Les personnages de Sara et de Clytemnestre diffèrent aussi beaucoup entre eux. Abraham ayant caché son infortune à Sara, elle ne se livre qu'aux sensations douces et voluptueuses de l'amour maternel en revoyant Isaac; ce qui forme

un heureux contraste avec la douleur
sombre d'Abraham.

Il est vrai qu'on voit dans Clytemnestre
des combats de l'ame, qui sont d'un grand
effet; mais ils tiennent en partie à des
causes qui ne pourraient subsister pour
Sara; car ce qui contribue à donner tant
d'énergie aux emportements de Clytemnestre, ce sont les sentiments mêmes d'A-
gamemnon : le sang froid avec lequel il
paraît se résoudre à sacrifier Iphigénie à
son orgueil, révolte une mère désespérée,
et lui inspire ces expressions véhémentes
avec lesquelles elle l'apostrophe dans cette
belle tirade qui commence par ce vers :

« Vous ne démentez pas une race funeste. »

Sara, au contraire, en connaissant l'é-

pouvantable sort qui menace son fils, ne
pourrait s'emporter en reproches aussi
légitimes contre un père malheureux qui
donne l'exemple de la plus sublime résignation aux volontés de Dieu, et qui par
cela même prend un caractère plus im-
posant. Ainsi, dans l'espèce de contrainte
où elle se trouverait, elle produirait un
effet beaucoup moins dramatique que
Clytemnestre.

Je n'avais pas les mêmes raisons pour
faire garder le silence à Abraham auprès
d'Éliézer. Cet ancien serviteur, qui a
élevé le fils de son maître, est animé
pour Isaac d'une tendresse presque paternelle ; et la confidence que lui fait
Abraham ne peut que contribuer au dé-
veloppement d'un caractère intéressant,

sans nuire à celui d'Abraham. Enfin les amours naïfs d'Isaac et de Rebecca répandent beaucoup d'intérêt et de variété sur le sujet.

Dans le premier chant de ce poëme et dans le commencement du second, j'ai emprunté quelques passages de Wieland; mais, hors de là, je n'ai rien imité de cet auteur allemand, et mon plan diffère entièrement du sien. Le sujet du sacrifice d'Abraham, dans lequel il s'est renfermé, m'ayant paru trop simple, j'ai cherché à y mettre un peu plus d'invention, et à tirer un parti avantageux de l'entrevue du serviteur d'Abraham avec Rebecca, dont parle la Genèse. Mais il se présentait la grande difficulté de rattacher cet épisode au sujet sans commencer une nouvelle action. Pour éviter cet inconvénient majeur, j'ai supposé qu'avant l'apparition de l'Éternel, Abraham avait chargé l'un de ses serviteurs d'aller acheter des présents de noces à Gomorrhe, et de les porter, dans le pays de Chanaan, à la jeune personne qu'il choisirait pour être l'épouse d'Isaac. Cette seule combinaison m'a fourni une foule de situations et de péripéties intéressantes, et de peintures de mœurs aussi locales qu'antiques.

La touchante simplicité de ces mœurs était difficile à rendre dans notre langue, qui, trop régulière dans sa marche et trop limitée dans le nombre de ses expressions poétiques, allie rarement la naïveté à la noblesse du style : il faut bien moins d'art pour réussir dans des

morceaux d'un genre plus élevé. Le
poëte est alors soutenu par le sujet ; il
rejette toute expression qui n'en est pas
digne, et les convenances deviennent
alors plus faciles à observer. Il n'en
est pas de même de ce genre de style,
dont la délicatesse fait tout le mérite, et
qui charme d'autant plus que l'art s'y
montre moins. Puissé-je en avoir donné
quelquefois une idée dans un poëme qui,
par les différentes sortes de style qu'il
comportait, présentait de très grandes
difficultés.

SION

OU LES MERVEILLES

DE LA MONTAGNE SAINTE.

POËME.

~~~~~~~~~~~~~~~~~~~~~~~~~~~~~~~~~~~

CHANT PREMIER.

Toi qui, d'un pied léger foulant l'herbe fleurie,
Promenais dans Eden ta douce rêverie,
Fille auguste du Ciel, Muse sainte, apprends-moi
La sublime vertu, le courage et la foi
De cet homme pieux qui, domptant la nature,
À la voix du Très-Haut se soumit sans murmure,
Et sur le noir sommet du Moria (1) surpris,
Pour holocauste affreux lui présenta son fils.

---

(1) On sait que le mont Moria est une petite éminence qui fait
partie de la montagne de Sion.

Déja les doux rayons de l'aube matinale
Teignaient de pourpre et d'or la rive orientale ;
Il luisait ce beau jour où le Dieu d'Israël
Ramenait Isaac dans le sein paternel.
Abandonnant d'Horam la campagne fertile,
Isaac de Nachor avait quitté l'asile,
Et d'un père chéri trop long-temps séparé,
À ses ordres docile, il volait à Membré.

Vers ce fils qu'en ses bras appelait sa tendresse,
Abraham s'avançait plein d'une douce ivresse ;
Et loin du saint vieillard flottaient, dans les vallons,
Les guirlandes de fleurs de ses blancs pavillons.
Souvent l'égarement de son ame éperdue
Sur la cime des monts présentait à sa vue
Les pieds des voyageurs, la pourpre des Hébreux
Et le col arrondi de leurs chameaux poudreux.
Quelquefois, admirant le vaste amphithéâtre
Des coteaux qui fuyaient dans un lointain bleuâtre,
Il élevait son cœur à la Divinité.
O toi, s'écriait-il, dont ma postérité
Doit prononcer le nom jusqu'à la fin des âges,

Toi qu'adore Abraham dans ces divins ouvrages,
O puissant Jéhova, veille auprès de mon fils;
Qu'il vive pour t'aimer, et que ses traits chéris,
En ce jour desiré, frappent les yeux d'un père!

À ces mots, le vieillard s'incline vers la terre.
Soudain la foudre gronde, et les cieux ébranlés
Ouvrent leur profondeur sous ses coups redoublés.
Sur la demeure auguste où l'Éternel réside,
Le patriarche saint jette un regard timide.
O surprise! à l'aspect des brillants séraphins,
Célébrant dans leurs chœurs les prodiges divins,
La joie a pénétré ses entrailles émues,
Et bientôt cette voix retentit dans les nues:
À l'arbitre suprême, Abraham, obéis,
Va, sur le Moria conduis ton jeune fils;
Et, fidèle à ce Dieu qui te donna la vie,
Saisis-toi d'Isaac et le lui sacrifie.

Abraham, à ces mots frissonnant de terreur,
Sent la mort par degrés s'emparer de son cœur;
Mais l'esprit du Très-Haut, qui pénètre le sage,

D'une force nouvelle anime son courage.

Alors le saint vieillard s'écrie : O roi des cieux !

De mes sens révoltés rends-moi victorieux.

Hélas ! quand du sommet de la voûte éthérée,

Le séraphin entend ta parole sacrée,

Fidèle, il se résigne aux ordres de son Roi,

Et moi, j'hésiterais de souscrire à ta loi !

Mais ma raison frémit du coup qui me menace,

Et pour ce fils trop cher mon cœur demande grace.

Que dis-je ! De quel droit, misérable mortel,

D'après tes passions juges-tu l'Éternel ?

De ses desseins secrets t'a-t-il fait confidence ?

Et de son équité soutiens-tu la balance ?

Ah ! si cet univers, que son souffle a produit,

S'écroulait à sa voix dans l'infernale nuit,

Sur les débris du monde on verrait les archanges,

Terrassés par la mort, célébrer ses louanges.

Et toi, chétif atome, esclave du trépas,

Au vœu du Créateur tu ne te rendrais pas !

Mais, ô mon Dieu, pardonne au plus tendre des pères,

Et sèche dans mes yeux ces pleurs involontaires !

Ainsi le patriarche implorait le Seigneur.

Cependant, d'Abraham le zélé serviteur
Éliézer s'avance, et, l'œil brillant de joie :
Heureux père, dit-il, oui, le Ciel te renvoie
Cet enfant précieux, le plus tendre des fils.
De myrtes couronnés déja sont réunis
Les jeunes compagnons si chers à son enfance ;
De timides beautés un essaim les devance,
La harpe d'or frémit entre leurs douces mains ;
Tout s'anime à l'aspect de tes heureux destins ;
Toi seul, le front couvert d'une sombre tristesse,
Tu sembles me cacher le chagrin qui t'oppresse.

O sage Éliézer, lui répond le vieillard,
L'homme sur des écueils, hélas ! flotte au hasard.
Cette félicité qu'il recherche sans cesse
N'habite pas toujours dans les lieux d'allégresse.
Par des coups imprévus, quelquefois l'Éternel,
Éprouvant sa constance, a frappé le mortel.
Si telle est, ô mon Dieu, ta volonté suprême,
J'adore ta justice en ma douleur extrême.

Eh ! qui peut un instant troubler tes jours heureux ?

Répond Éliézer ; tout sourit à tes vœux :
Sara, ta digne épouse, auprès de toi respire ;
Isaac, cet enfant que le ciel même inspire,
Croît comme l'amandier qui fleurit au printemps ;
Ses graces, sa candeur charmeront tes vieux ans.
Tu soupires, ô ciel ! quel ennui te dévore !
Un songe menaçant t'accable-t-il encore ?
Ou l'ange des enfers, apparu devant toi,
Peut-être dans ton cœur a-t-il jeté l'effroi.
Que le Dieu bienfaisant qui protége le sage
De ton front vénérable écarte tout nuage !

Abraham lui répond : Fidèle serviteur,
Tremble et connais enfin les tourments de mon cœur.
Hélas ! je puis encor éprouver quelques charmes,
Si mon triste destin te fait verser des larmes.
Accouru dès l'aurore en ce bosquet sacré,
Où tous les jours par moi le ciel est adoré,
De ma reconnaissance il recevait l'hommage ;
Soudain, à mes regards, dans le sein d'un nuage,
Se montre l'Éternel, rayonnant de clarté ;
Sur les ailes des vents son trône était porté.

Du centre de sa gloire il m'appelle, il s'écrie :
Abraham, prends ton fils et me le sacrifie.
Tu le veux, ô mon Dieu! mon bras doit t'obéir,
Et mon fils bien-aimé sous mes coups va périr.

Éliézer, saisi de douleur et de crainte,
Cède aux tourments affreux dont son ame est atteinte,
Et des torrents de pleurs s'échappent de ses yeux.
Il chérit Abraham ; mais de plus tendres nœuds
Au charmant Isaac attachent sa vieillesse.
Pour cet enfant si cher, ce fils de la promesse,
Tout l'amour paternel brûle au fond de son cœur;
Vainement il voudrait déguiser sa douleur.
Plein de trouble, il s'écrie : O père déplorable!
L'ai-je bien entendu? ton glaive impitoyable
Dans le sein de ton fils porterait le trépas,
Et c'est l'ordre d'un Dieu qui conduirait ton bras!
Non, Dieu ne peut vouloir cet affreux sacrifice;
Non, lorsque de Sara sa bonté protectrice,
En lui donnant un fils, a comblé tous les vœux,
Il ne peut commander qu'on l'immole à ses yeux.
Ne nous promit-il pas que le Sauveur du monde

Descendrait quelque jour de sa race féconde?
Et, pour trahir l'espoir qu'il fait luire aux mortels,
Ce Dieu révoquerait ses desseins éternels !
Ah ! croyons, Abraham, à sa promesse sainte,
Plus stable que ce monde où sa gloire est empreinte.
Hélas ! ta voix encor retentit dans mon cœur,
Et ce qu'ont vu tes yeux ne peut être une erreur.

Du patriarche saint la vertu tout entière
Lui répond en ces mots : O toi dont je révère
La sagesse profonde et la tendre amitié,
Laisse, laisse parler dans ton cœur la pitié ;
C'est le plus beau présent que Dieu fit à la terre.
Pleure sur Isaac, sur son malheureux père.
Mais, ô faible mortel, ne cherche pas en vain
À sonder l'équité de l'Arbitre divin.
Tu perds dans Isaac ta plus douce espérance ;
Mais c'est à ton courage à dompter la souffrance.
Qui devrait plus que moi te l'apprendre en ce jour,
Moi, père infortuné, moi, qui vois sans retour
Disparaître à jamais l'image trop chérie
Du plus riant tableau des scènes de la vie ;

Moi, qui vois succéder à ces jours enchanteurs
De la nuit des tombeaux les lugubres horreurs?
De ce Dieu bienfaisant les faveurs passagères,
Dans ce séjour d'exil, me devenaient trop chères;
Il veut me les ravir; adieu, charme éternel
De ces plaisirs si doux pour le cœur d'un mortel.
Je ne l'entendrai plus ce tendre nom de père.
O mon cher Isaac, vrai portrait de ta mère,
Toi qui si tendrement te pressais sur mon sein,
Le glaive de la mort armera cette main
Qui jadis répondait à tes douces caresses.
Que dis-je? ah! redoutons ces humaines faiblesses;
Mes aïeux, dans ses coups adorant le Seigneur,
N'ont-ils pas opposé le courage au malheur?
Élevés en ce jour à la gloire suprême,
Sur leurs fronts éclatants brille le diadême;
Et moi, quand la faveur du Souverain des cieux
Me réserve un triomphe encor plus glorieux,
Je ne puis achever l'ouvrage de sa grace!
Non, s'il voit en moi seul le soutien de ma race,
Il n'aura pas en vain jeté les yeux sur moi.

Ainsi du saint vieillard se résignait la foi.
Le pâle Éliézer admire sa sagesse,
Et va cacher au loin la douleur qui l'oppresse.

O céleste vertu ! qui n'entend pas ta voix ?
De la Divinité tu naquis autrefois ;
C'est elle qui, voulant t'assurer la victoire,
Para ton front serein d'un rayon de sa gloire,
D'une pudeur craintive orna tes traits touchants,
Et soumit tous les cœurs à tes tendres accents.
C'est ainsi qu'Abraham, calme dans la souffrance,
Encouragé par toi, rayonnait d'espérance.
Tel encore on a vu le brillant séraphin
Tout-à-coup s'enflammer d'un courage divin,
Alors que des enfers les phalanges rebelles
Voyaient rompre par lui leurs trames criminelles,
Et qu'il les poursuivait dans les plaines des cieux,
Du tonnerre vengeur lançant les derniers feux ;
Et que son vaste corps, tel qu'un mont effroyable,
Affrontait les fureurs de leur haine implacable.

Mais bientôt le vieillard sent son cœur défaillir.

Hélas! et des pensers qui viennent l'assaillir
Nul n'est plus douloureux à son ame navrée,
Que celui de Sara, cette épouse adorée.
Comment lui dévoiler les volontés du ciel?
Portera-t-il la mort dans son cœur maternel?
Et, frappant à-la-fois et le fils et la mère,
Sera-t-il le bourreau de sa famille entière?
Mais, ô tendre Sara! ne t'est-il plus permis
Le douloureux plaisir de voir encor ton fils,
De le baigner de pleurs à cet instant suprême,
Et d'embrasser encor l'image de toi-même?
Oh! qui pourra jamais, dans ces cruels adieux,
Arracher à tes bras cet enfant malheureux?
Non, disait le vieillard, non, ton ame sensible
Ne saurait supporter cette épreuve terrible !
Sur le sein de ton fils je te verrais mourir!
Oh! pourquoi me hâter, Sara, de te ravir
De tes sens abusés la trop douce chimère?
Jouis, jouis encor du plaisir d'être mère.
Et toi, grand Jéhova! quand ce mystère affreux
Ne pourra plus long-temps se voiler à ses yeux,
Veille sur ses destins ; que cette infortunée

À mourir de douleur ne soit point condamnée!
Il dit, et, ranimé par un rayon divin,
Sous son champêtre asile il porte un front serein
Et montre de la paix la tranquille apparence,
Lorsque son cœur brisé nage dans la souffrance.

FIN DU CHANT PREMIER.

CHANT SECOND.

CEPENDANT le midi sur des nuages d'or
De sa pourpre brillante étalait le trésor,
Et ramenait enfin sous la voûte azurée
Du retour d'Isaac l'heure si desirée.
Déja, dans le lointain, le plus tendre des fils
Saluait d'Abraham les pénates chéris.
À peine de Membré le riant paysage
De son site enchanteur découvrait le bocage,
Qu'à la voix d'Isaac le docile chameau
A fléchi le genou sous son riche fardeau.
Le jeune voyageur, rayonnant d'espérance,
De sa prison mouvante, impatient, s'élance ;
Et de ses compagnons déja le plus chéri,
Hasaël, est pressé sur son cœur attendri.
Pharès, Nador, Esdras et Moad l'environnent,
Des roses du printemps à l'envi le couronnent ;
Et, conduit en triomphe, il vient combler les vœux
De Sara qui rêvait à ce moment heureux.

Tendre mère, à l'aspect de l'enfant qu'elle adore,
Elle a perdu la voix; ses yeux parlent encore;
Et déja dans ses bras vole son bien aimé.

À ce tableau touchant, ô qu'Abraham charmé
Dans un temps plus prospère eût tressailli de joie!
Mais à d'affreux tourments sa grande âme est en proie:
La nature triomphe; hélas! et vers les cieux,
Dans sa douleur amère, il élève les yeux;
Et ses yeux, malgré lui, de larmes se remplissent.

Isaac s'arrachant des bras qui le saisissent
Accourt vers Abraham; et, tombant à ses pieds,
O mon père, dit-il, qu'ils soient glorifiés
Ces anges protecteurs dont les ailes rapides
Ont précédé mes pas dans des plaines arides!
Ils veillaient sur ce fils qui révère ta loi:
Cher auteur de mes jours, qu'il soit béni par toi!

Jamais du saint vieillard, qui pâlit d'épouvante,
L'oreille n'entendit une voix si touchante.
Malheureux! le plaisir se glisse dans son cœur

Pour en aigrir encor la mortelle douleur.
Il s'écrie : O mon fils, sois béni par ton père !
Puisse aussi l'Éternel, en ses jours de colère,
Détourner loin de toi ses foudres destructeurs.
Il dit, et de ses yeux s'échappent quelques pleurs.

De ce présage affreux Sara n'est point frappée ;
Sara, par sa tendresse est trop préoccupée.
Sur son cœur palpitant elle presse son fils,
De baisers maternels couvre ses traits chéris,
Et par mille discours, qu'elle interrompt sans cesse,
De son ravissement lui peint la douce ivresse.

Déja les luths sacrés des vierges du désert
Aux chants de l'allégresse unissent leur concert,
A travers cent berceaux, dont la brillante issue
Sous le plus tendre azur semble fuir à la vue,
Du patriarche saint flottent les pavillons.
C'est là que sur l'albâtre, orné de verts festons,
Du sommet d'un rocher s'épanche une onde pure,
Qui, filtrant sur la mousse avec un doux murmure,
Vient au fond d'une grotte, où règne un frais zéphyr,

Déposer dans un bain ses perles de saphir.

Chargés de fins tissus de la riche Nubie,

S'avancent lentement deux captifs d'Assyrie,

Qui, du jeune Isaac embrassant les genoux,

Répandent sur ses pieds les parfums les plus doux.

Deux fois d'un nard exquis la liqueur pénétrante

Suit les contours légers de sa taille élégante ;

Et deux fois l'appareil du lin officieux

Prête à son corps d'ivoire un secours précieux ;

Alors des Chaldéens la tunique flottante

Le pare de l'éclat de sa pourpre brillante ;

Et, le front rayonnant de grace et de candeur,

Il s'avance, embelli d'un sourire enchanteur.

Tel dans les beaux vallons de la riche Idumée

Descend l'heureux printemps sur la nue embaumée,

Lorsque de l'abondance il nous rend le trésor,

Et que ses doux zéphyrs ramènent l'âge d'or.

De cet enfant promis à la toute puissance,

Telle aux yeux du vieillard se montre l'innocence.

Moins céleste à ses yeux tu parus, ô Sara,

Lorsque le tendre hymen en ses mains te livra,

Et que, sous la pudeur voilant l'amour timide,
En tremblant tu choisis ce doux vainqueur pour guide.

Des festons de jasmin, enlacés à l'œillet,
De leur luxe champêtre ornent l'humble banquet;
Le bras nud et le front ceint d'un nœud d'amaranthe,
Des nymphes, à l'œil vif, à la taille élégante,
Couvrent de simples mets de longs tapis de lin.
Au fond d'un pur cristal petille un jus divin,
Qui, par les flots pourprés de sa douce ambroisie,
Provoque l'allégresse et l'aimable saillie.
Alors prenant son luth, l'esclave de Sara,
Miroir de la beauté, la touchante Zora,
De l'heureuse amitié chante la jouissance,
Les tendres entretiens, les tourments de l'absence.
Et pour deux cœurs unis les charmes du retour.

D'une voix plus timide elle chante l'amour,
L'amour, qui séduisant une vierge imprudente,
Enflamma de Sypha la fille ravissante,
Lorsqu'aux champs d'Émaüs l'Ange de volupté,
Guida l'heureux Japhet aux pieds de la beauté.

4

Et que, d'un air craintif, le modèle des graces,
De ses sœurs qui fuyaient abandonnant les traces,
S'arrêta tout-à-coup à ces tendres accents
Qui doucement portaient le trouble dans ses sens.

De tes chants séducteurs, ainsi la mélodie,
O touchante Zora ! charmait l'âme attendrie.
Ainsi, quand les zéphyrs ramènent dans nos champs
Les parfums émanés des ailes du printemps,
Dans une douce extase on entend Philomèle
Célébrer le retour de la saison nouvelle.

Tout entière à l'amour, Sara, dans ses transports,
De la belle Zora n'entend point les accords ;
Mais, regardant son fils d'un œil plein de tendresse :
Cher Isaac, dit-elle, ô toi dont la jeunesse
Dans des champs étrangers réclama si long-temps
Cette main qui prit soin de tes plus jeunes ans ;
O mon fils ! satisfais à mon impatience ;
Quels plaisirs consolaient les jours de ton absence !
Elle dit, et soudain ses esclaves nombreux,
Sur les pas de Zora s'éloignent de ces lieux.
En ces mots lui répond le fils de la promesse :

« Les vertus de Nachor, de Melcha la tendresse,
De parents adorés me rappelant l'amour,
Je retrouvais Membré dans leur riant séjour.
O Membré! quand Melcha me devenait si chère,
Je croyais te pleurer dans les bras d'une mère.
Un ange quelquefois, en un songe trompeur,
Me montrait tes bosquets et ton site enchanteur.
Heureuse illusion qui, trompant ma souffrance,
Accoutumait mon cœur à la douce espérance!
C'est ainsi que d'Horam les champs délicieux
Chaque jour paraissaient s'embellir à mes yeux.
Au sein de l'amitié les plus riantes heures,
Comme d'aimables sœurs, habitaient nos demeures.
Tantôt dans des bosquets de cytises couverts
Les chantres des forêts nous donnaient leurs concerts;
Tantôt sur le penchant de nos belles collines
Nos mains cueillaient les fleurs aux riches étamines.
Quelquefois, sous l'abri d'un cèdre ténébreux,
Nachor m'entretenait de ces temps merveilleux
Où l'ange du Seigneur, descendu sur la terre,
Des patriarches saints visitait la chaumière;
Il me montrait des arts les prodiges divers:
La sculpture créant un nouvel univers;

De tous les feux du jour la peinture embellie;
Et la fille des cieux, l'aimable Poésie,
Née au sein des plaisirs de leur brillant séjour;
Et la tendre Musique, organe de l'amour,
Qui, prêtant ses accords à la jeune bergère,
Vient porter dans nos sens un trouble involontaire.
C'est ainsi qu'à ta voix, enivré de plaisir,
Aimable Rebecca, je me sentais frémir.
Tes yeux bleus répandaient une lueur charmante;
Fille de Bathuel, ta tête éblouissante
S'élevait au milieu des filles du Jourdain,
Comme le haut palmier auprès du tamarin.
Oh! quand l'ombre du soir descendait dans la plaine,
Quand du zéphyr léger la frémissante haleine
De ma jeune compagne annonçait le retour,
Je la cherchais des yeux, et palpitais d'amour.
Isaac, me disais-je, ainsi dans la prairie
Tu verrais accourir la sœur la plus chérie.
Pourquoi ne puis-je, hélas! éprouver ce bonheur?
Ou pourquoi Rebecca n'est-elle pas ma sœur?
Oh! que je t'aimerais, toi dont la seule vue
Fait naître tant d'amour dans mon ame éperdue!

Mais, ô ma Rebecca, dis-moi comment mon cœur
Pourrait brûler pour toi d'une plus vive ardeur.
Tu le sais, lorsqu'au pied de ce jeune platane,
Que de ses verts festons entourait la liane,
Assis près de Melcha, ta voix chantait l'amour :
Elle me pénétrait comme un reflet du jour.
Alors, me remplissant d'ivresse et d'espérance,
Des pensers enchanteurs, beaux comme l'innocence,
Beaux comme Rebecca souriant à mes feux,
Semblaient me transporter jusqu'au trône des cieux.
Dans ses traits la vertu me paraissait vivante,
Et, croyant l'adorer, j'adorais mon amante.
Les accents argentins de sa touchante voix,
Plus doux que les soupirs de la flûte des bois,
Ou que l'exhalaison des fleurs à peine écloses,
S'échappaient du corail de ses lèvres de roses.
Un charme inexprimable enivrait tous mes sens,
Et les palmes des cieux ombrageaient mon printemps.
Un jour qu'en gerbes d'or l'astre qui nous éclaire,
Sur un bois d'orangers épanchait sa lumière,
Mon fils, me dit Nachor. le ciel sur nos sillons
Secouant son flambeau nous invite aux moissons :

C'est l'heure où dans son sein Abraham te rappelle;
Hâte-toi; qu'à ses vœux ton amour soit fidèle.
Cher auteur de mes jours, dois-je le révéler?
A ces mots de Nachor je me sentis troubler;
D'un songe je croyais voir évanouir l'ombre;
Confondu, j'attachais sur la terre un œil sombre.
Hélas! et j'oubliais que naguère en ces lieux
Des pleurs pour ma patrie avaient mouillé mes yeux.
Plus belle que le lis qui croît dans la vallée,
Rebecca vint s'offrir à mon ame accablée.
O rose du printemps! tu n'étais plus pour moi
Qu'une épine cruelle et qu'un objet d'effroi.
Sur mon front pâlissant, hélas! ma tendre amante
Lut toute ma douleur, et frémit d'épouvante.
En vain, pour m'arracher à mes tourments affreux,
Tout le feu de l'amour anima-t-il ses yeux;
L'amour même achevait de combler ma misère!
Enfin je m'écriai: C'est le vœu de mon père;
O Rebecca! Membré rappelle ton amant.
Et pour m'abandonner, me dit-elle en pleurant.
Va, laisse-moi livrée à ma triste infortune;
Déja par son amour Rebecca t'importune;

Hélas! elle en mourra!... Malheureuse! je voi
Que de nouveaux pensers te sont plus chers que moi.
Des filles du Jourdain ô la plus adorée,
Répondis-je ; lis mieux dans mon ame enivrée !
Dans cette ame où l'attrait d'un charme séducteur
Sur tous mes sentiments commande avec fureur !
Et connais Isaac, à qui tu fais outrage,
Isaac, qui, rempli de ta céleste image,
Ose à peine obéir à l'amour paternel,
Et frémit de céder aux volontés du Ciel.
Ah ! plutôt qu'un effort de ta vertu sublime
Guide un faible mortel, le soutienne, et l'anime.
Oh ! me dit Rebecca, pourquoi dans le désert
Aux charmes de l'amour mon cœur s'est-il ouvert?
Pourquoi, cher Isaac, dans ce cœur trop sensible
Es-tu venu porter une douleur horrible?
Tu quittais une mère; hélas ! quel sort jaloux
Te pouvait arracher à ses baisers si doux !
Du moins, en te pleurant, l'espérance lui reste ;
Mais moi, je n'entrevois qu'un destin plus funeste.
Oh ! lui dis-je, Abraham, touché de nos douleurs,
T'ouvrira pour l'hymen les tentes des pasteurs,

Et bientôt aux palmiers d'une terre étrangère
Il viendra demander la beauté solitaire.
À ces mots, sous les pins qui bordaient les coteaux
Je vois se balancer les têtes des chameaux :
Le lotus velouté, le storax d'Arabie,
Les tissus de Ninive, et le riz d'Arménie,
Dons chers à l'amitié, chargent leurs vastes dos ;
Et j'aperçois Nachor qui m'adresse ces mots :
Pars, mon fils ; qu'avec toi l'ombre de paix s'avance,
Et du sage Abraham comble la jouissance.
Il dit, à ses accents trois esclaves soumis
Sur l'informe colosse étendent des tapis,
Et le duvet léger d'une plume mouvante
Me reçoit, et fléchit sous la pourpre éclatante.
Hélas ! ma Rebecca, toujours mes tristes yeux,
En se couvrant de pleurs te donnaient mes adieux,
Et te cherchaient encor, quand ton ombre chérie
N'était plus qu'une erreur de mon ame attendrie. »

Ainsi, jeune Isaac, on entendit ta voix ;
Abraham lui répond : O mon fils ! quelquefois
Une faible étincelle allume un incendie.

Quoi ! livrant à l'oubli ton père et ta patrie,
Tu pouvais écouter les desirs de ton cœur,
Avant d'être assuré de l'aveu du Seigneur !
Sais-tu, jeune imprudent, que la Montagne Sainte
D'une flamme céleste a rougi son enceinte ?
Le ciel est irrité contre mon sang pervers,
Et Dieu s'est fait entendre aux vallons des déserts.
O mon fils ! hâtons-nous ; sa suprême justice
Sur le mont Moria demande un sacrifice ;
Et qu'au troisième jour, sur ses rochers affreux,
L'épervier d'Acheldam se découvre à nos yeux.

Il dit, et de Sara la craintive tendresse
Lui répond en ces mots : Oh ! faudra-t-il sans cesse,
Cher époux, voir mon fils exilé de ces lieux ?
Ne peux-tu, seul, remplir les volontés des cieux ?

Non, lui dit Abraham, Isaac doit lui-même
Présenter sur l'autel l'encens au Roi suprême.
Bannis toute faiblesse, et, pour plaire au Seigneur,
O Sara, sacrifie une ombre de bonheur.
Hélas ! si quelque jour la main de sa colère

5

Arborait tout-à-coup son étendard de guerre,
Si, du souffle puissant, dont la rapidité
Fait ployer les roseaux du Nil épouvanté,
Il t'enlevait ce fils, ta plus douce espérance,
Pourrais-tu murmurer contre sa providence?

Ah! lui répond Sara, jusqu'au fond de mon cœur
Ce présage terrible a répandu l'horreur.
O mon cher Isaac! que deviendrait ta mère,
Si dans la fleur des ans tu perdais la lumière;
Sa mort suivrait la tienne, hélas! et son amour
À peine sans gémir peut te perdre un seul jour.
Mais pourquoi m'alarmer de sinistres chimères,
Lorsque le ciel sourit à nos destins prospères?
Oui, trop aimable enfant, nos tentes vont s'ouvrir
À la jeune beauté que tu sus attendrir;
Dieu l'embellit pour toi de l'éclat de l'aurore,
Et grava ton image en ce cœur qui t'adore.
Qu'un doux nœud vous enchaîne, et dans nos champs fleuris
Brillez à nos regards comme deux jeunes lis.

Ainsi parlait Sara. Son époux en silence

S'abreuvait d'amertume, au sein de la souffrance ;
Tant d'assauts épuisaient son courage abattu,
Et son Dieu seul encor soutenait sa vertu.
Mais enfin l'Éternel, touché de ce spectacle,
Des profondeurs des cieux ouvre son tabernacle,
Et l'ange du sommeil, sur un nuage obscur,
Descend vers Abraham, et, d'une aile d'azur
Entourant sa demeure, il verse dans son ame
Le baume assoupissant d'un céleste dictame.

FIN DU CHANT SECOND.

CHANT TROISIÈME.

Cependant Rebecca, dans le fond de son cœur,
Des tourments de l'amour nourrissait la douleur;
Un voile de tristesse enveloppait ses charmes,
Et ses yeux ne s'ouvraient que pour verser des larmes.
Hélas! à la lueur du jour le plus affreux
Succédait lentement un jour plus douloureux.
Assise sous l'abri d'un berceau d'aubépine,
Ses regards languissants erraient sur la colline,
Et demandaient en vain à l'ombre des cyprès
Le mortel dont son cœur a conservé les traits.
Quelquefois, sur le soir, en quittant la prairie,
Les nymphes du vallon troublaient sa rêverie,
Et, sous le sycomore ombrageant un ruisseau,
Menaient désaltérer le timide chevreau.

  C'est là que, rembruni par les feux du tropique,
Et portant des Hébreux la flottante tunique,
Un étranger soudain arrête ses chameaux,
Des bergères s'approche, et leur parle en ces mots:

« O vierges des bosquets, filles de ces vallées,
Qui jamais par le Ciel n'en fûtes exilées,
Qui n'avez point erré sur des sables brûlants,
Ni connu du midi les souffles dévorants,
Que toujours le Seigneur, à qui vous êtes chères,
D'une céleste joie entoure vos chaumières :
Mais ô prenez pitié du pauvre voyageur;
Puisse-t-il de ces eaux savourer la fraîcheur !
Puisse-t-il, apaisant la soif qui le tourmente,
Voir ranimer par vous sa force défaillante ! »

Il dit, et le zéphyr emporte ses discours.
Alors, dans tout l'éclat de l'ange des amours,
S'avance en rougissant une jeune bergère.
Oh! dit-elle, étranger, cette onde salutaire,
Comme à nous, appartient à l'homme malheureux :
Recevez cette coupe, et rendez grace aux cieux.
Et la coupe aussitôt par ses mains est remplie.
L'étranger la saisit, et revient à la vie.
Puis elle ajoute encor : Venez, que vos chameaux,
Plus bas, sous ces ravins, s'abreuvent de ces eaux.

Elle dit, et déja sous un saule accourue,
Trois fois l'onde captive en un vase est reçue,

Et trois fois les chameaux, haletant de chaleur,
D'une soif dévorante ont tempéré l'ardeur.
Oh ! lui dit l'étranger, vous qui plus belle encore
Servez l'humanité quand sa voix vous implore,
Parlez, qui peut ainsi secourir un mortel ?
Mon nom est Rebecca, fille de Bathuel,
Lui répond en tremblant la bergère innocente.
Fille de Bathuel, ô beauté ravissante !
Recevez donc de moi, lui dit le voyageur,
Le présent nuptial de mon jeune seigneur :
Sa main le destinait à la vertu modeste ;
Et ce prix vous est dû.... Sur votre front céleste
Placez ce croissant d'or, ces perles d'Orient.
Mais pour vous embellir il n'est point d'ornement.
La vierge lui répond : Rebecca vous supplie,
Reprenez ces présents, ils lui font peu d'envie ;
Et de les posséder eût-elle le desir,
Sans l'aveu paternel pourrait-il s'accomplir ?
— Hé bien ! guidez mes pas auprès de votre père.
Il est vers ces palmiers, répondit la bergère.
Sous la pierre tranchante écrasant les épis,
Avec Laban mon frère il recueille le riz.

A ces mots, l'étranger, s'éloignant en silence,
A travers les sillons vers Bathuel s'avance.
Salut, dit-il, salut, père de Rebecca.
Abraham, que le juste en tous lieux invoqua,
Qui sous vingt pavillons à l'œil surpris étale
Les biens dont l'enrichit la terre libérale,
Et qui voit ses coursiers et ses troupeaux nombreux
Inonder de Membré les champs délicieux ;
Abraham, par ma voix, t'offre son alliance.
Un fils, qui fut toujours sa plus douce espérance,
De ce père chéri va revoir le séjour.
Pars, m'a dit Abraham, avant que ce beau jour,
Ce jour si desiré, me montre son aurore ;
Laisse au nord Bersabée, et marche vers Gomorrhe.
Là, devant tes regards les arts industrieux
A l'envi déploîront leurs produits précieux :
Alors, que des présents pleins de magnificence
Des trésors d'Abraham signalent l'opulence.
Oui, de l'hymen d'un fils préparant les doux nœuds,
Je veux de cet hymen hâter le jour pompeux.
De là tourne tes pas vers la plaine fertile
Où l'heureux Chanaan découvre son asile :

On n'y respire point un souffle corrompu,
Et la vierge naïve y chérit la vertu.
Quand la jeune beauté de ses mains protectrices
De l'hospitalité t'offrira les prémices,
Des présents de l'hymen pare son front serein :
La beauté bienfaisante est un ange divin.
Qu'elle soit de mon fils la compagne chérie ;
Leur bonheur à jamais embellira ma vie.
Tels sont, ô Bathuel, d'Abraham les doux vœux.
Consens que Rebecca rende son fils heureux.
Bathuel lui répond : O serviteur fidèle !
De l'homme qu'inspira la sagesse éternelle,
Et qui seul d'un regard découvrit dans les cieux
De ce vaste univers le Roi majestueux,
Est-il pour le pasteur de plus douce espérance
Que d'avoir Abraham en sa sainte alliance ?
Oui, je veux qu'Isaac aux marches de l'autel
Reçoive Rebecca des mains de Bathuel.
Va, bientôt Abraham apprendra par ma bouche
Combien, en m'honorant, son amitié me touche.

Cependant de l'amour les soucis dévorants,

O touchante beauté, s'emparaient de tes sens.
Sous l'ombre d'un palmier, immobile et pensive,
Rebecca, tu pleurais, et, d'une voix plaintive,
De ton funeste sort accusant la rigueur,
Tu disais : Cher amant, ah! de quelle douleur
Tu vas être accablé, si dans cette prairie
Tu ne retrouves plus ta compagne chérie;
Si la main d'un rival te ravit pour toujours
Celle qui te jurait d'éternelles amours!
Malheureux étranger, qui te flattes peut-être
De séduire mon cœur avec l'or de ton maître,
Oh! tu ne connais pas le doux plaisir d'aimer.
Mais de tes vains projets devrais-je m'alarmer?
Crois-tu que tes présents éblouissent mon père?
Et, dût-il y souscrire, ô Laban! ô mon frère!
N'imploreras-tu point la pitié de son cœur?
Et condamneras-tu les larmes de ta sœur?
Ainsi les doux accents de la jeune bergère
Confiaient sa douleur à ce lieu solitaire,
Quand Bathuel soudain se montre à ses regards :
O ma fille! dit-il, viens, que de toutes parts
Sous le toit des bergers éclate l'allégresse.

6

Oui, l'époux dont tu dois partager la tendresse,
Puissant dans la Judée, et, toujours cher aux cieux,
Avec tous ses trésors te présente ses vœux.
Mon père, lui répond la bergère ingénue,
Hélas! n'accablez point votre fille éperdue,
Et laissez remporter ces présents odieux;
La triste Rebecca puisse-t-elle en ces lieux
Toujours goûter la paix sous les yeux de son père!
Quoi! lui dit Bathuel, sûre de me déplaire,
A ce brillant hymen tu ne peux consentir,
Et le fils d'Abraham ne saurait te fléchir!
Isaac, Isaac, répond la jeune amante,
Isaac.... c'est sa main qu'Abraham me présente!
O ciel! il se pourrait.... Mais à peine en ce jour
Isaac à Membré peut être de retour!
Bathuel dit encore: O fille la plus chère!
Pour former les liens de cet hymen prospère
Abraham de son fils a devancé les vœux;
Seconde ses desirs, qu'Isaac soit heureux.
Alors le front serein de la vierge innocente
Se couvre et s'embellit d'une rougeur charmante;
Les roses sur son teint semblent s'épanouir,

Et dans son œil céleste éclate le plaisir ;
Sur son bel incarnat la jeune enchanteresse
D'un baiser paternel accueille la tendresse ;
Et l'auteur de ses jours a lu dans son souris :
J'accepte le bonheur que vous m'avez promis.

Déja, dans la vapeur des plaines éthérées,
L'aurore ouvrait du jour les portes diaprées :
O belle Rebecca ! tu veux revoir ces lieux
Où le plus tendre amour t'enivrait de ses feux,
Où de ton Isaac tout rappelle l'image.
C'est ici que ses yeux, par un muet langage,
T'exprimaient tout l'excès de son ravissement ;
C'est ici qu'agité d'un doux frémissement,
Pour la première fois sa main pressa la tienne,
Et qu'un soupir trahit ton amoureuse peine :
C'est là que, rougissant du trouble de ton cœur,
Tu l'entendis enfin, ton aimable vainqueur,
Jurer à tes genoux de t'aimer pour la vie.
O charme inexprimable ! ô douce sympathie !
Et cet amant si cher à ton timide amour,
C'est l'époux que le Ciel te destine en ce jour.

Ainsi, jeune beauté, la tendre rêverie
S'emparait doucement de ton ame attendrie.
Mais quels sont les transports de tes sens agités,
Quand, suivant d'un vieillard les pas précipités,
D'un regard douloureux Isaac te salue,
Et dans les bois soudain se dérobe à ta vue?
Hélas! et ton amour doute encor si tes yeux
Ne sont point abusés par un prestige affreux.
Le cœur rempli d'effroi, triste, pâle, et craintive,
Vers le toit paternel tu te traînes pensive.

Déja les voyageurs, sous l'ombre des cyprès,
Donnaient à Bathuel le salut de la paix :
D'un timide regard, la vierge intéressante
Entrevoit d'Abraham la figure imposante,
Et, sur ce front couvert des sillons du malheur,
Elle lit du vieillard l'inflexible rigueur.
Oh! lui dit Bathuel, des cieux sage interprète,
D'un hymen fortuné que la pompe s'apprête.
Oui, de ton serviteur les accents m'ont appris
Tes vœux que Rebecca soit unie à ton fils.

L'homme sur ses projets vainement se repose,

Lui répond Abraham ; Dieu seul de nous dispose.
Imprudent ! je croyais, sans consulter le Ciel,
Céder au doux penchant de l'amour paternel.
Hélas ! et ma faiblesse est par lui condamnée.
Oui, ce sont d'autres feux que ceux de l'hyménée,
Qui doivent s'allumer sur l'autel du Seigneur.
De ses ordres divins fidèle exécuteur,
Je vais, ô Bathuel, lui consacrer l'offrande
Que sur le Moria son courroux me demande.
Il dit, et, s'arrachant des bras du laboureur,
De sa marche funèbre il hâte la lenteur.
Son fils, silencieux, tristement l'accompagne.
    Déja de Gethséman la riante campagne
Étalait sous leurs pas ses champs délicieux,
Quand Isaac s'écrie : O Souverain des cieux !
Qui de tant de splendeur as décoré la terre,
Oh ! comment Rebecca peut-elle te déplaire,
Elle que d'une main, prodigue de bienfaits,
Tu te plus à parer des plus rares attraits;
O céleste beauté ! c'est un crime peut-être
D'avoir connu ces feux qu'en mon cœur tu fis naître.
Que dis-je? c'est moi seul, c'est moi dont les amours

D'une amante crédule ont détruit les beaux jours.
Ah ! pour accroître encor l'excès de ma souffrance,
Je t'entends, Rebecca, m'accuser d'inconstance !

Dans l'abyme des maux où la main du Seigneur
Plonge de ses autels le zélé défenseur,
Le patriarche saint, hélas ! ne peut entendre
Les accents douloureux de l'amour le plus tendre.
Oui, je vais accomplir ces ordres rigoureux,
Se disait en pleurant le vieillard malheureux,
Et le sang le plus pur va couler sur la terre.
C'est le sang de ton fils, ô déplorable père !
Et ta barbare main va déchirer ce cœur
Où depuis vingt printemps respire la candeur,
Où sont gravés tes traits, et qui pour toi sans cesse,
Pour toi, père inhumain, soupire de tendresse.
Ah ! dût plutôt le Ciel m'accabler sous ses coups ;
Cette main se refuse à servir son courroux.
N'entends-tu pas déja sa foudre qui murmure ?
Tu braves le trépas ; mais, frappant un parjure,
Celui qui te créa ne pourrait-il encor
De nouvelles horreurs environner la mort ?

Vois dans la profondeur des entrailles du monde
En de brûlants tombeaux lutter l'esprit immonde;
Et sur ces murs de feu, d'un œil épouvanté,
Lis ces mots foudroyants : ICI L'ÉTERNITÉ.
Malheureux! ah! frémis du coup qui te menace!
Frémis du châtiment de ta coupable audace!
Ton Dieu ne saurait-il que par ton faible bras
Au fils qui t'est si cher envoyer le trépas?
Sur ton sein paternel sa vengeance suprême
Peut frapper Isaac en t'immolant toi-même.
Va, l'homme au Créateur ne peut dicter des lois,
Et c'est un crime enfin d'être sourd à sa voix.

Du patriarche saint déja les pas rapides
Avaient du Moria franchi les flancs arides,
Et ses mains élevaient un autel au Seigneur.
O mon père! lui dit le fils cher à son cœur,
Voilà le feu, l'encens, mais quelle est la victime?
— Le Ciel y pourvoira; que sa grace t'anime!
Isaac, ô mon fils! tu vois luire le jour
Où ton Dieu veut enfin éprouver ton amour.
Parle : pour obéir au Monarque suprême,

Serait-il un effort au-dessus de toi-même?

Ah! répond Isaac, plutôt mourir cent fois

Que de mon Créateur méconnaître les lois.

— O malheureux enfant! de ce Dieu redoutable

Ta bouche a prononcé l'arrêt irrévocable.

Oui, Dieu m'a commandé qu'ici, sur cet autel,

Tu sois sacrifié par ce bras paternel.

O mon fils! tu frémis; je vois que ton silence

Accuse les décrets de la toute-puissance;

Moi-même à l'Éternel je tremble d'obéir;

La force m'abandonne, et, prêt à le trahir,

Abraham à son Dieu va devenir rebelle.

— Vous, mon père, au Seigneur vous seriez infidèle!

Vous, son pontife saint, vous qu'on vit autrefois

Porter jusqu'en Égypte et son culte et ses lois!

Est-ce pour voir la foudre éclater sur un père

Que votre fils voudrait conserver la lumière?

— O dévoûment sublime! ô fils trop malheureux!

Fils digne d'Abraham, et d'un sort plus heureux,

Non, tu ne fus jamais si cher à ma tendresse!

Ton amour filial, tes vertus, ta jeunesse,

Tout accroît de mon cœur le douloureux effort;

Mais je dois t'imiter en te donnant la mort.

Il dit, et dans ses yeux son angoisse est écrite.

Isaac dans ses bras soudain se précipite.

Hélas! aux longs sanglots, aux cris de la douleur,

D'un silence de mort succède enfin l'horreur.

Mais bientôt Isaac, pressé par la souffrance,

Hors des bras paternels, l'œil égaré, s'élance.

O Rebecca, dit-il, je ne te verrai plus,

Et les nœuds les plus chers par mes mains sont rompus.

Rebecca, Rebecca, dans ce moment funeste,

Sur moi je sens tomber tout le courroux céleste.

Et toi, ma mère! et toi, dont les soins bienfaisants

Pour ce trépas affreux ont conservé mes ans,

O ma mère! ô Sara! ta débile vieillesse

Ne pourra de ton fils implorer la tendresse.

Mère, amante, en ce jour tout est perdu pour moi.

Ah! je sens que la mort m'inspire moins d'effroi.

Mais, ô trop chère amante! ô la plus tendre mère!

Entre nous à jamais j'élève une barrière!

O mon père! arrêtez, arrêtez votre bras;

Votre fils sans horreur ne peut voir le trépas.

Que dis-je, malheureux? quoi! je veux sur un père

Du Monarque des cieux attirer la colère !

Je veux, dans cet abîme où je vais m'engloutir,

L'entraîner sur mes pas, et je n'ose mourir !...

O fils ingrat ! vis donc, mais dans l'ignominie !

Vis pour te reprocher à chaque instant la vie ;

Vis pour souffrir des maux cent fois plus douloureux

Que ceux que tu ressens en ce moment affreux !

O mon père ! d'un fils écoutez la prière !

En terminant ses jours, terminez sa misère.

En vain à votre amour je les devrais encor ;

Dans mon seul désespoir je trouverais la mort.

Prenez, prenez ce fer ; frappez : oui, c'est Dieu même

Qui conduira vos coups dans ce moment suprême.

Isaac, à ces mots, s'élance sur l'autel.

Abraham de terreur recule, et vers le ciel

Levant les yeux, s'écrie : O Dieu ! si ton prophête

Obtint ton assistance au sein de la tempête,

Viens, accours, prends pitié de son triste destin ;

Viens, et que ton pouvoir lui donne un cœur d'airain ;

Viens étouffer en moi le cri de la nature,

Ou crains dans Abraham de trouver un parjure.

Mais quelle affreuse nuit environne mes pas !
Dieu, je t'obéirai ; guide mon faible bras.

Il dit, et le vieillard, frissonnant d'épouvante,
Sur ce fils adoré levait sa main tremblante,
Lorsque de Raphaïm, sillonnant le vallon,
Un nuage embrasé se répand sur Sion ;
Et, dans sa profondeur, un archange s'écrie :
Arrête.... Du Seigneur la justice est remplie :
O père des croyants ! ton dévoûment pieux
A frappé les regards du Souverain des cieux ;
Et, révoquant l'arrêt dicté dans sa colère,
Sa voix a prononcé le salut de la terre.
Oui, ton obéissance est le suprême effort
Qui pouvait signaler les enfants de la mort ;
Et ce n'est qu'un Dieu seul qui, s'offrant pour victime,
Peut surpasser encor cette vertu sublime.
Apprends donc les secrets cachés dans l'avenir :
À ton fils bien aimé Rebecca doit s'unir.
Hymen béni du Ciel ! le Rédempteur du monde
Doit naître à Bethléem de leur race féconde.
Mais, avant que ce jour brille sur le Jourdain,

Des sages prédiront ce mystère divin,

Et, du grand roi David entonnant les cantiques,

Sion tressaillera de leurs chants prophétiques.

Ce monarque pieux, non loin de cet autel,

Bâtira sur sa tombe un temple à l'Éternel.

De son fils Salomon la rapide puissance

L'ornera de trésors pleins de magnificence ;

Et la gloire viendra, par des reflets nouveaux,

De ces grands souverains éclairer les tombeaux.

Enfin c'est sur ce mont que le sang du Messie

Du genre humain proscrit rachetera la vie ;

Que, terrassant la mort sur son repaire affreux,

Ce divin Rédempteur montera dans les cieux,

Et que sur ses élus descendra la lumière,

Qu'ils porteront un jour aux confins de la terre.

FIN DU CHANT TROISIÈME ET DERNIER.